Dyma stori am Fferm Cae Berllan,

am Jac,

Cadi,

Ted,

Huw Bryn Coch,

Doli

ac am
dractor.

Un diwrnod, roedd Cadi
a Jac yn casglu dail.

Dyma dractor yn
chwyrnu heibio.

Helô!

Roedd Ted yn mynd
â gwair i'r defaid.

Aeth y plant i chwarae yn y sgubor. Yna, dyma Jac yn clywed sŵn gweiddi.

Dyma nhw'n rhedeg
allan o'r sgubor.

Roedd y tractor yn mynd
i lawr y bryn ar wib.

Daeth y trelar yn
rhydd . . .

Crash!

ac aeth y tractor i
mewn i'r pwll dŵr.

Sblash!

Rhedodd Cadi a Jac.

'Rwy'n wlyb domen,'
meddai Ted.

'Sut mae cael y tractor
allan o'r dŵr?' holodd.

Daeth Cadi a Jac 'nôl
ar ras.

Daeth Huw Bryn Coch
a Doli'r gaseg i helpu.

Clymodd Ted raffau'n
sownd i'r tractor.

Clymodd Huw Bryn
Coch nhw'n sownd
wrth Doli.

Gwthiodd Ted.

Tynnodd Doli.

Dyma'r tractor yn dechrau symud.

Syrthiodd Ted i'r dŵr.

'A minnau hefyd!'
meddai Ted.

Aeth Cadi a Jac adref
ar gefn Doli.

Roedd yn well gan Ted
gerdded.

Posau

Pôs 1

Rho'r lluniau yma yn y
drefn gywir i adrodd y stori.

A.

B.

C.

Ch.

D.

Pôs 2

Pwy yw pwy?

Ted

Cadi

Doli

Huw

Bryn Coch

Jac

Pôs 3

Chwilia am bum peth sy'n wahanol rhwng y ddau lun.

Pôs 4

Pa frawddeg sy'n mynd gyda phob llun?

A.

Dyma nhw'n gweld sŵn gweiddi.
Dyma nhw'n clywed
sŵn gweiddi.

B.

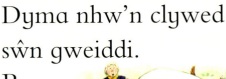

'Rwy'n wlyb domen,' meddai Ted.
'Rwy'n wlyb daten,' meddai Ted.

C.

Gwthiodd Doli.
Tynnodd Doli.

Ch.

Roedd yn well gan Ted redeg.
Roedd yn well gan Ted gerdded.

Atebion y posau

Pôs 1

1C.

2D.

3Ch.

4A.

5B.

Pôs 2

Doli

Cadi

Jac

Huw
Bryn Coch

Ted

Pôs 3

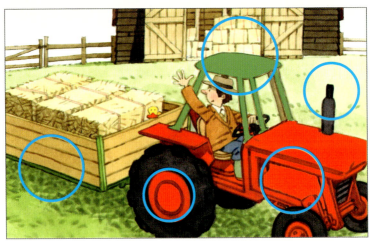

Pôs 4

A.

Dyma nhw'n clywed sŵn gweiddi.

B.

'Rwy'n wlyb domen,' meddai Ted.

C.

Tynnodd Doli.

Ch.

Roedd yn well gan Ted gerdded.

Cynllun Laura Nelson
Golygydd y gyfres: Lesley Sims
Cynllunydd y gyfres: Russell Punter
Gwaith digidol: Nick Wakeford
Addasiad Cymraeg: Sioned Lleinau

Cyhoeddwyd gyntaf yn 2015 gan Usborne Publishing Ltd.,
Usborne House, 83–85 Saffron Hill, Llundain, EC1N 8RT

Cyhoeddwyd gyntaf yng Nghymru yn 2017 gan Wasg Gomer,
Llandysul, Ceredigion, SA44 4JL
www.gomer.co.uk

ⓟ Usborne Publishing Ltd 2015, 1989 ©
ⓟ y testun Cymraeg: Sioned Lleinau 2017 ©

Dymuna'r cyhoeddwyr gydnabod cymorth ariannol
Cyngor Llyfrau Cymru.